별을 쳐다보며

노천명 시

나무가 항시 하늘로 향하듯이
발은 땅을 딛고도 우리
별을 쳐다보며 걸어갑시다

친구보다
좀 더 높은 자리에 있어 본댔자
명예가 남보다 뛰어나 본댔자
또 미운 놈을 혼내주어 본다는 일
그까짓 것이 다아 무엇입니까

술 한잔만도 못한
대수롭잖은 일들입니다
발은 땅을 딛고도 우리
별을 쳐다보며 걸어갑시다

양전 한신 씀

노천명의 시〈별을 쳐다보며〉(양전 한신 제8저집 수록)

바위

유치환 시
양전 최진숙

내 죽으면 한 개 바위가 되리라
아예 애련(愛憐)에 물들지 않고
희로에 움직이지 않고
비와 바람에 깎이는 대로
억년 비정(非情)의 함묵(緘黙)에
안으로 안으로만 채찍질하여

드디어 생명도 망각하고
흐르는 구름
머언 원뢰(遠雷)
꿈꾸어도 노래하지 않고
두 쪽으로 깨뜨려져도
소리하지 않는 바위가 되리라

유치환의 시 〈바위〉(양전 최진숙 제8서집 수록)

나옹대사의 시 〈경세〉(양전 한신 제8시집 수록)

양전 한신 제7시집

추억
追憶

국립중앙도서관 출판시도서목록(CIP)

추억 : 양전 한신 제7시집 / 지은이: 한신. ─ 서울 : 한누리미디
어, 2011
  p. ; cm

한자표제 : 追憶
ISBN 978-89-7969-383-6 03810 : ₩8000

한국 현대시[韓國 現代詩]

811.62-KDC5
895.714-DDC21   CIP2011001285

양전 한신 제7시집

追憶

한누리미디어

책 머리에

제가 제6시집《사는 날까지》를 낸 후에 꼭 9년만에 제7시집《추억》을 또 이렇게 세상에 내놓습니다.

사람은 누구나 '추억'이 있기 마련입니다.

저도 적지 않은 '추억'을 갖고 있지만 별로 자랑할 것도 못되어 그냥 망각해 버리려 했으나 해가 갈수록 유난히 가슴을 찌르며 되살아나는 그것들을 그저 뭉개어 지워버리기엔 너무나도 아까워 인젠 황혼을 맞은 제 인생의 정리에 그것들을 하나하나 주워 모아 제 가족들과 세상의 모든 분들께 이야기 하는 심정으로 숨김없이 쓴 것이 이 시집《추억》입니다.

앞으로 저의 '추억'은 제 맥박이 살아 움직이는 한 끊임없이 되살아나 이어지리라 생각됩니다.

아무쪼록 잊지 않으시고 관심과 애정을 가져주신다면 저는 더 없는 행복으로 여기겠습니다.

이번에도 제 책의 출판을 맡아 물심양면으로 도와주신 『한누리미디어』 김재엽 사장님께 감사드립니다. 그리고 이 책이 태어나기까지 곁에서 원고 정리를 비롯하여 늙은 아버지의 시심을 따뜻하게 부축하여 일으켜 세우느라 애써준 저의 사랑하는 딸 무림 한미나 양의 노고와 이 책의 출간에 여러 모로 도움을 주신 모든 분들께 충심으로 고마움을 표합니다.

2011년(신묘년) 1월

저자 양전 한신(羊田 韓迅)

목차

제2부

목차

제3부

제4부

목차

제5부

제1부

내가 건너던 만세교

나는 5년 동안이나 자전거를 타고
북녘땅 내 고향의 함흥 만세교를 건너오가며
학교를 다녔다

아무리 더워도 더운 줄을 모르고
아무리 추워도 추운 줄을 모르고
늘 즐겁게 늘 기쁘게 늘 신나게

어떤 때는 혼자 어떤 때는 친구들과 같이
콧노래도 부르며 휘파람도 불며
모자 뺏기도 하며 먼저 건너가기도 하며

다리 밑엔 소리없이 성천강이 흘렀지
알알이 내 발자욱 찍힌 냇가 흰 모래밭
고개 들어 쳐다보면 고요하고 정겨운 푸른 반룡산

이따금 흰 갈매기떼 머리 위를 춤추며 날으던
아! 지금도 눈에 어리네 눈에 어리네
그 옛날 그 모습들 모두 그냥 있을까

6.25가 터지고 이 몸이 남으로 피난온 지도
벌써 60년 38선이 가로막혀 못가는
북녘땅 내 고향 함흥 만세교

허리가 아프시던 아버지

아버지는 늘 허리가 아프셔서
약도 자주 드셨다

그런데 술을 좋아하셔서
약 드시면서 몰래 술 드시어
가끔 할머니한테 꾸중을 들으셨다

눈 오는 날 머언 장에 가 일보시고
한잔 하신 아버지는 혼자 눈길을 걸어서
집으로 오시다가 눈 속에 빠져 하마터면
죽을 뻔하셨다

그때 마중 간 삼촌 덕분에 살아서 돌아는 오셨지만
그 후 동상과 허리병으로 얼마나 고생하셨는지
어린 나도 아버지의 등을 많이 밟아 드렸다
그러면 아버지는 참 좋아하고 기뻐하셨다

지금 나도 허리가 아파 고생하고 있다
허리 아픈 것도 부전자전인가 보다

내가 태어난 범마을

내가 태어난 범마을은
지금 가려고 해도 갈 수가 없는
북녘땅의 시골 마을

앞에는 바다 바닷가엔 흰 모래밭
마을 둘레에는 솔밭
마을 뒤에는 잔잔한 강 하나

나는 엄마를 따라 바다에 나가면
바다에 들어가 파래를 줍는 엄마 곁에서
발가벗고 나도 파래를 주워 몸에 칭칭 감고
밀려왔다 밀려가는 파도에 실려 혼자 장난치다
물도 먹고 울기도 하고

따뜻한 날엔 누나랑 동생들이랑 모래밭 둔덕에 올라
송이랑 버섯도 캐고 모래 집도 모래 사람도 만들고
솔밭 어디선가 들려오는 꿩소리 멧새소리도 들으며

밤이면 우리 초가집 마당에 모닥불 피워놓고
온 식구 한 데 모여앉아 도란도란 옛 이야기도 하며

밭에서 캐온 감자랑 구워도 먹고

학교 갔다 오면 동네 형들과 함께 소먹이러 가면서
마을 뒤의 강을 소잔등에 올라서서 춤추며 까불다가
몇 번이나 강물에 빠지기도 한

그 뒤 얼마 있다가 일본 사람들의 비행장이 들어서자
마을 전체가 흔적도 없이 없어지고 마을 사람들은 제각기
뿔뿔이 흩어져 어디론가 사라져 버린 비극의 땅인 그곳

지금도 아슴푸레하게 눈에 떠오르네
지금 가려고 해도 갈 수가 없는 북녘땅 내 고향의
내가 태어난 범마을

내 고향 함흥의 반룡산아

아! 내 고향 함흥의 반룡산아
또 언제 그 옛날처럼 너를 찾아
다시 올라가 보랴

그 이름도 멋지고 신령스러운 반룡산아
너는 하늘이 내리신 푸른 용 한 마리가
그 큰 몸뚱이를 둥글고 길게 포개어 깔고 누워서
내 고향 힘홍을 천세만세 시켜준나는 수호신이다

내가 기쁠 때나 슬플 때 혼자 마을 뒷산에 오르듯
너를 찾아 오르면 늘 반갑게 나를 친구마냥
두 팔 벌려 맞아 주던 너
내 어찌 한신들 너를 잊으랴

너도 때가 오면 어김없이 꽃피고 새가 울고 여기저기
아름다운 청춘남녀들이 노래하며 즐기던 꽃동산
푸른 풀나무 우거진 초원 그림 같은 함흥시내도 한눈에
내려다 뵈는 시민들의 쉼터인 명산중의 명산이었다

고개를 돌려 오른쪽으로 발 아래를 굽어보면 소리없이

흐르는 푸른 성천강 그 위에 꿈같이 길게 놓인 만세교
물새들 춤추며 노는 물가 백사장 또 우러러 높은 숲길을
따라 오르면 옛날 이성계의 고색창연한 치마대의 옛터

단청도 고운 정각에 오르면 아득히 바라뵈는 하란평
사방 백리의 푸른 들이 끝없이 금물결치고 또 아득한
수평선에 구름인지 물인지 한줌에 잡힐 듯한 머언 동해바다

또 언제 그 옛날처럼 너를 찾아 올라가 보랴
6.25때 피난 나와 너를 못본 지도 벌써 60년
아무리 가려 해도 38선이 가로막혀 갈 수 없는
북녘땅 내 고향 함흥의 반룡산아!

*하란평 : 우리나라 3대 평야의 하나인 함흥평야의 옛 이름

우리 집의 기적

처음에는 아이들이 하나 둘 감기처럼 열이 나고
온몸에 구슬이 뻘겋게 돋아나며 앓더니
어느새 나도 눕고 누나도 눕고 어머니도 아버지도
모두 드러눕게 되었다

세상에 무슨 병이 그렇게 고약한지 신열을 이기지
못해 이불을 물어뜯다가 추운 겨울인데도 밖으로
뛰쳐나가 맨땅에 드러누워 신음하는 어머니

자기 몸이 아프신데도 식구들의 병시중을 혼자
드시다가 미친 듯이 밖으로 뛰쳐나가 신음하는
어머니를 뒤따라 나가 어머니를 부축해 들어오시는
아버지

그 아버지마저 신열을 이기지 못해 누워서 신음하더니
밖으로 뛰쳐나가 마당에 드러눕자 아파서
방에 누워 있던 누나와 나는 울면서 뛰어나가 아버지를
겨우 부축해 들어왔다

그러나 방안에 들어온 아버지는 눕지도 않고 밤새도록

집의 비상약을 가지고 온식구 병시중을 드시더니
이튿날부터는 거짓말처럼 한 사람씩 병석에서 일어나
모두 무사히 살아났다

이거야말로 하늘이 도우신 기적이다
하마터면 그 옛날 병원도 약국도 없는 시골에서
우리 집 가족 일곱 명이 장티푸스에 걸려 몰살할 뻔한 그 일
내가 어찌 평생 잊을 수 있겠는가

아버지는 아침마다

아버지는 아침마다
긴 면도칼을 오른 손에 잡으시고
어머니 경대 앞에 앉아 거울을 보며
혼자 면도를 하셨다

키가 크고 얼굴이 긴 아버지는
면도를 하고 나시면 수염이 깎인 자국이
파르라니 매끈매끈해지고
어린 내가 봐도 참 미남이셨다

그런데 나는 왜 면도한 얼굴이 이럴까
요샌 검은 티 검은 점 검은 버섯까지 늘어나
흉해지기만 하지?

아버지 돌아가신 날이

아버지 돌아가신 날이 9월 9일이라고 했다
그러나 어느 해 어떻게 돌아가셨는지는
잘 모른다고 했다

캐나다에 이민 가 사시면서 언젠가 이북에 갔다 온
내 외가쪽 형님의 말을 듣고 나는 그때부터 해마다
그 날이 오면 아버지의 기제사를 지낸다

오늘밤도 잊지 않고 아버지의 기제사를 식구들과 같이
지냈다 그런데 그 형님의 말씀대로라면 아버지는 예순도
훨씬 못되는 단명으로 돌아가신 것이다

혼자만 살겠다고 남으로 피난 간 불효자식 놈 하나
둔 죄로 억울하게 잡혀가 고생 끝에 북녘 땅 어느 곳에서
눈도 제대로 못 감으시고 돌아가셨을 나의 아버지……

어머니 생각

아내가 시장에서 떡을 사왔다
마침 점심 때라 좋아하는 인절미부터 맛있게
먹고 있노라니 문득 어머니 생각이 난다

아마 열 살쯤 되었을 때였나보다
어릴 적부터 떡보로 이름난 나를 골방에 혼자 들어가게 하고
손수 만드신 인절미를 큰 그릇에 가득히 담아가지고
들어와서 혼자 다 먹어야 한다며 떡 그릇채 나에게 주고
밖으로 나가 웃으며 잠을쇠를 잠가놓으시던 어머니

밖에서 놀다 온 여동생들이 눈치를 채고
내가 있는 골방에 들어가려 하자 어머니는 일부러
정색을 하며 못 들어가게 하셨다

어머니는 또 장에 가서 맛있는 걸 사갖고 오시면
가끔 여동생들 몰래 아들인 나에게만
더 먹이려고 하셨다

그땐 어린 내가 어찌 알았을까
어머니의 그 마음

나는 할아버지가 된 지금에야 겨우
그 어머니를 알 것 같다

동짓날만 되면

동짓날만 되면 나는 어머니가 생각난다
어머니는 동짓날만 되면 팥죽을 끓이시고
나에게는 다른 식구들보다 팥죽을 더 많이 담고
그 속에 손수 빚으신 찹쌀 옹심이도 더 많이 넣어주셨다

어린 나는 그것을 식구들 중에서 제일 빠르게
제일 잘 먹는 선수였었다 나는 어떤 때는 숟가락으로
찹쌀 옹심이를 한 입에 두세 개씩 한꺼번에 쉬어넣어 다 먹고
어느새 빈 그릇을 샅샅이 긁으면서 모자란 듯 서운해 하면
어머니는 알아차리고 다른 그릇에 또
팥죽을 새로 담아 주셨다

나는 그것도 다 먹고 나서 자랑하듯 두 손 바닥으로
뚱뚱해진 내 배를 톡톡 치며 자리에서 일어났다
어머니는 나를 보고 대견한 듯 웃으면서
말없이 혼자 기뻐하셨다

내 누나는 진짜 미인이었다

내 누나는 진짜 미인이었다
키가 크고 두 눈이 수정처럼 맑고 살색이 흰 누나는
어린 내가 봐도 세상에서 보기 드문 미인이었다

그러기에 어렸을 때부터
이 동네 저 동네에서 중신아비들이 줄을 서더니
마침내 몇 십리 밖 농촌 어느 부잣집으로 시집을 갔다

그러니 그 어린 누나 얼마나 힘들었을까
새벽 일찍 일어나 밤 늦게까지 잠도 제대로 못자고
부엌에서 논밭에서 얼마나 고생했을까

어느 날 누나가 친정에 와서 눈물로 어머니께
하소연하는 것을 들었다 어려운 시집살이 이야기
식구들의 구박 남편의 무정한 구타……

그 고운 얼굴엔 수심만 가득차고 미인의 그 예쁜 모습들은
다 어디로 갔는지 어린 내 눈에도 누나가 참 피곤하고
불쌍해 보였다

그 뒤 어떻게 됐을까 전쟁이 일어나고
1.4후퇴 때 피난도 나오지 못한 그 누나는
그 뒤 어떻게 됐을까 북녘 땅 그곳에서 지금 어떻게 됐을까

내 허벅지의 상처

내 오른쪽 바깥 허벅지를 보면
지금도 허옇게 커다란 상처 하나가 남아 있다

그것은 내가 세 살 적에 마당에서 혼자 놀다가
집의 강아지한테 물린 자국이다

그때 마침 어머니가 집안에서 일하시다가
바깥에서 나는 내 울음소리에 놀라 나와 보니
내가 강아지한테 허벅지를 물려서 울고 있었다

어머니는 얼른 나를 품에 꼬옥 안으시고
상처의 피를 닦아 주시며 내 눈물을 손으로 훔치면서
"큰 일 날 뻔했다 강아지라도 조심해야지" 하시면서

얼른 장독대로 달려가 된장 한 웅큼을 담뿍 떠갖고 와서
내 상처에 두텁게 바르고 흰 천으로
잘 싸매 주셨다

나는 지금도 가끔 허벅지의 그 상처를 보면
그때 눈물지으시며 내 상처를 어루만져 주시던
어머니의 모습이 아련히 눈앞에 떠오른다

문신 이야기

내가 소학교 1학년 때였었지
문신을 하면 부자가 되고 오래 살고 유명해진다는
소문이 퍼지더니 온 마을에 문신이 유행되고
그래서 나도 문신을 했지

시꺼먼 먹물을 묻힌 실을 바늘에 꿰고 주사를 놓듯 팔에 꽂고
바늘을 빼면 시꺼멓게 물이 든 실이 따라나오면서
그 자리에 시꺼먼 문신이 생겼지
지금 하라면 아파서 못하지만 그때는 아프지도 않았어

방문을 안에서 걸어놓고 친구끼리 서로 해 주고 선물도
주고 받다가 아버지한테 들켜 매도 맞으며 혼나기도 했지
처음엔 몰랐는데 커가면서 보기가 싫고 부끄러워
그것을 없애는 궁리만 했었어

6.25전쟁이 났어 1.4후퇴 때 나도 북에서 남으로
피난 나왔어 군에 들어간 나는 군의관님께 부탁하여
문신을 없애는 수술을 받았어 그런데 전문의가 아닌
사람이 한 것이라 깨끗이 하지는 못하고 양쪽 팔에
흔적만 허옇게 여러 개를 남겨놨지 뭐야

불만이어서 나는 또 훗날 다시 수술하려고 하다가
그만 두기로 했어
애당초 내가 잘못한 일인데 후회한들 뭣하지
부모님으로부터 받은 내 몸뚱아리는 잘 보존해야지
그렇지 않고 조금이라도 헐고 상하게 하면
자식의 도리가 아니라고 생각한다

나는 문제학생이었다

나는 교복 입고 교모는 썼어도
학교 규칙 안 지키는 문제학생이었다

수업시간엔 으레 딴 책을 책상 안에 펴놓고
선생님 말씀은 귓등으로 듣는 체만 하고

시험은 보기 싫어 커닝이나 하고
관심 없으니 성적 좋을 리 있나

그래서 학교 가기 싫어 안 갈 궁리만 하니
꾀병으로 유명한 무단결석자

그래도 5년간 큰 처벌 한 번 없이 통과는 했으니
나는 과연 운도 좋은 문제학생였었나 보다

'월경미수 반동분자' 란 죄수

나는 친구와 함께 38선을 넘어 남으로 가려고
철원에까지 가서 기회를 엿보던 중 친구는 운 좋게
넘어갔으나 나는 그만 잡혀 소위 인민재판에서
희한한 '월경미수 반동분자'란 죄명으로 1년 반의
언도를 받고 형무소에 수감되었다

그 사이 내가 아무리 젊다 하지만 짐승들과 같은
그들의 혹독한 고문—소위 정치보위부와 보안서의
무서운 가죽띠와 몽둥이 매질 등의 협박공갈을
어떻게 이겨냈는지 나도 모른다

공기구멍도 하나 없는 숨막히는 좁은 감방
때가 되면 개구멍 같은 구멍으로 집어 넣는 꽁보리밥덩이
하나와 머얼건 국물 단무지 김치 세 조각 그래도
그것을 식사라고 굶주린 짐승처럼 달려들어 입에 넣는
비참한 반여 년의 수감생활…

어느 날 소문으로만 형무소 안에 퍼지던 소위 그들의
수령 '김일성 생일 특사'가 현실로 나타나
'월경미수 반동분자'인 나에게도 그

혜택이 돌아오다니… 나는 춤추듯 기뻤다

궁하면 통한다는 말이 실감났다 어쨌든 나는
그 지옥을 벗어나게 됐으니 이게 꿈인지 생시인지
분간하기 어려웠다 이것은 나에게는 큰 행운이며
기적이 아닐 수 없었다

나는 그날 석방이 되어 몸은 자유가 되었다 그러나
그들로부터 얻어맞은 한쪽 귀는 고막이 파열되어
들리지 않고 온몸엔 시퍼런 멍만이 무수히 아직
남아 있었다

그래도 나는 살기 위해 몸을 움직여 취직하려고
혼자 애썼으나 어디로 가려 해도 맘대로 갈 수가
없었고 누구를 만나려 해도 맘대로 만날 수가 없었고
누구와 이야기하려 해도 맘대로 할 수가 없었다

나는 비로소 인간도 아닌 그들의 실체를 내 눈으로
똑바로 보고 체험할 수가 있었다
'월경미수 반동분자'란 올가미로 나를 영원한
죄인이나 노예로 만들려던 그들의 간악한 야욕과 흉계를

내 막내삼촌

내 막내삼촌은 나보다 세 살 위다
5형제 중의 막내인 그는 말이 없고 친구가 없고
늘 자기 방에서 혼자 육법전서나 통신강의를 보고 있었다

해방이 되자 할아버지를 부추겨 다른 마을로 이사 가더니
그곳에서 장가들고 자기는 그 마을의 노동당위원장이 되고
자기 아내는 그 마을의 여맹위원장이 되었다

그때 나는 38선을 넘어 남으로 가려다가 잡혔는데
어머니가 찾아가서 "조카를 구해 달라"고 사정했으나
그는 일언지하에
"그 따위 반동분자 놈 새끼는 당장 죽어도 좋다"면서
나를 원수처럼 대했다

6.25가 터졌다 처음엔 밀리던 아군과 유엔군이
파죽지세로 국경지대까지 북진해 갔다
그런데 중공군의 개입으로 전세가 역전되어 아군과 유엔군
그리고 북녘의 주민들이 후퇴하게 되자
나도 삼촌에게 같이 남으로 피난가자고 했다

그랬더니 뜻밖에도 그는 내 손을 잡고 눈물 흘리면서
그동안의 잘못을 용서해 달라며
"어서 남으로 빨리 피난 가라! 그 사이 이 집은 내가 지켜주마"
하면서 그도 울고 나도 울고 하다가 갈라졌다

그것이 그와 나의 마지막 이별이었다
그리고 나는 가족을 남겨둔 채 혼자 남으로 피난 나왔다
그 뒤 그는 어떻게 됐을까 지금 살아 있으면 90이 넘나
어떤 때는 밉기도 하고 어떤 때는 한없이 보고 싶기도 한
나의 막내삼촌……

내가 어떻게 그날을 잊으랴

생일은 잊어도
내가 어떻게 그날을 잊으랴

내가 북녘 땅 그곳에 부모 형제 모두 남겨두고
아니 북녘 땅 그곳에 부모 형제 모두 버리고
혼자만 살겠다고 남으로 피난 나온
그날 1950년 12월 29일!

그때 아무리 전세가 불리하고
그때 아무리 우리 피난민 수송편이 모자란다 해도
죽음을 각오하면 걸어서라도 가지 못할까
부모 형제 다 모시고 걸어서라도 자유를 찾아가지 못할까

아니면 아무리 적이 우글거리는 세상이라도
부모 형제랑 함께 그곳에 남아 생사를 같이 할 것을
그것도 아니고 저것도 아니고
부모 형제 모두 그곳에 버린 채
혼자만 살겠다고 남으로 피난 나온 불효 자식

내가 어떻게 그날을 잊으랴

생일은 잊어도 내가 그곳에 부모 형제 다 버리고 온
그날 1950년 12월 29일!
내가 어떻게 그날을 잊으랴

제2부

거제도 장승포의 그 고마운 한씨댁

거제도 장승포의 그 고마운 한씨댁
내가 1.4후퇴 때 북에서 남으로 피난 나와
맨 처음으로 크게 신세진 그 집

나를 보니 군에 간 아들 생각난다고
방 하나도 공짜로 밥도 공짜로 한 달도 더 넘게
나를 친자식처럼 여겨주시던 그 할아버지와 할머니

내가 밖에 나가 나보다 늦게 남으로 피난 나온
사람들— 내 동생 남편이나 내 사촌동생 내 친구까지
데리고 들어와도 웃으며 공짜로 먹여주고
재워주던 그분들

마을 앞 낮으막한 언덕바지였나 봐
아직 겨울인데도 파릇파릇 새싹 나는 보리밭
내가 아침마다 일찍 일어나 할아버지 대신
똥장구를 지고 나가 거름을 주면 그렇게도 좋아하시던
할아버지와 할머니

울타리도 없는 초가집 뒤 우물가였지

두레박으로 우물물을 길어 남모르게 혼자 그동안 밀린
빨래를 하다가 할머니한테 들켜
야단맞던 그 빨래터

지금도 변함없이 모두 잘 있을까
거제도 장승포의 그 고마운 한씨댁
내가 1.4후퇴 때 북에서 남으로 피난 나와
맨 처음으로 크게 신세진 그 집

증남아 너는 지금 어떻게

증남아 너는 지금 어떻게 지내느냐
북녘 땅 그곳에서 얼마나 고생하느냐
밥이나 제대로 먹느냐 잠이나 제대로 자느냐

오빠는 요새 눈만 뜨면 그렇게 오빠를 닮았다는
네 얼굴 어릴 적부터 유난히 남자같이 억세고 쾌활하고
남에게 지지 않으려던 네 모습
지금도 내 눈앞에 서연히 떠오른다

너도 지금 살아있으면 80이 넘었구나 참 세월도 빠르다
내가 1.4후퇴 때 피난 나와 남쪽의 제일 남쪽 섬인
거제도 장승포에 잠시 머물러 있을 때 네 남편 오서방을
우연히 길에서 만났다 혼자 따로 피난 나왔더라
그래서 내가 얻은 방에서 같이 지냈다

그런데 어느 날 오서방이 나더러 네가 보고 싶어 견딜 수가
없다면서 눈물 흘리더니 그 며칠 뒤 어느 날 갑자기
행방불명이 되었다

그 몇 년 뒤 어느 날이었다 내가 우연히 어느 이북 피난민

한테서 들었는데 네 남편 오서방이 북쪽 사람들에게
잡혀 수갑 차인 채로 만세교를 건너가는 걸 봤고

네가 남루한 옷을 입고 함흥에서 평양간의 기차를 타고
이 칸 저 칸 쫓겨 다니면서 감자랑 마늘이랑 고추 등을
파는 보따리 장사를 한다는 소문 들었다는데 그게 정말이냐
그게 모두 정말이냐 그게 사실이면 너는 지금 어떻게
된 거야 너는 지금 어떻게 살고 있는 거냐

증남아 대답해 봐라 왜 대답이 없느냐 나는 너의 오빠고
너는 내 동생이다 네가 살아 있다면 바로 대답해 봐라
너는 북쪽에 있고 나는 남쪽에 있다 내가 지금 너한테
달려가고 싶어도 달려갈 수가 있느냐 네가 지금 오빠한테
달려오고 싶어도 달려올 수가 있느냐

세상에 이런 나라가 또 어디 있느냐
38선을 그어 놓고 남북으로 갈라져 서로 오가지도 못하고
편지나 전화 하나도 할 수가 없는 나라 반세기 넘도록 서로
불구대천의 원수가 되어 호시탐탐 노리고만 있는
희한한 나라 이 나라를 누가 이렇게 만들었느냐

증남아 네가 살아 있느냐 살아 있으면 대답하여라
왜 대답이 없느냐 왜 아무 대답도 없느냐 증남아
오빠의 말 네가 듣느냐 오빠의 말 네 귀에 들리느냐
네 귀에 들리면 어서 대답하여라
증남아 증남아 증남아!……

내가 처음 본 괴뢰군 패잔병들

남루한 초록색 군복을 입은
북쪽 괴뢰군 패잔병 세 놈이
쫓기듯 불안한 표정으로
힘없이 걸어가는 것이 보였다

놈들은 모두 사병인 듯 전투모는 썼으나
총도 없이 맨발로 며칠을 굶은 듯 비틀거리고
그중의 흰 놈은 총상을 입은 듯 쩔뚝거리고 있었나

동해안 따라 북진중인 우리 국군부대가
경북 봉화군 산악지대를 지날 때
바로 곁 절벽 아래 골짜기를
여름 날 바람도 없는 대낮에

놈들은 그 뒤 얼마 있다가 우리 국군 수색대에
모두 생포되었다는 말을 들었다

부대가 주둔한 어느 산 마을

우리 부대가 북진하다가
주둔한 어느 산 마을

숲이 우거진 이 마을에는 여기저기
오두막 대여섯 채
옥수수와 감자가 주식인 이 오지에도
6.25가 사납게 스치고 지나갔다

내가 만난 몇 사람의 노인들은 하나같이 모두
이렇게 말했다

"전쟁이 나자 어느 날 밤 따발총을 든 인민군 몇이
마을에 와서 집집에 들어가 곡식을 죄다
빼앗아 갔습니다"

"그리고 젊은 사내아이와 계집아이들을 모두
끌고 갔습니다"

"그래서 지금 이 마을에 남아 있는 사람들은 보시다시피
모두 우리와 같은 늙은 사람들이나 몸도 제대로 못쓰는

병신뿐입니다"

"제발 이 산 속이나마 국군이 오래 주둔해서 우리가
하루라도 편안하게 살게 해 주십시오 그리고 놈들이
납치해 간 우리의 자식들을 빨리 되돌아오게 해 주십시오
우리의 소원은 그것밖에 없습니다……"

나는 이렇게 노인들이 말하는 이야기를 들으면서
어느새 나도 모르게 흐르는 눈물을 막을 길이 없었다
노인들도 눈물을 흘리면서 손바닥 만한 감자와
막걸리를 내놓으며 먹으라고 하기에 받아는 먹었으나
그것이 내 목구멍을 순하게 잘 넘어 가겠는가?

광주 중앙 포로 수용소

사람들은 '거제도 포로 수용소'는 잘 알지만
전라도 광주에 있는
'광주 중앙 포로 수용소'는 잘 모르고 있었다

워낙 큰 터에 자리잡은 이 수용소는
겉으로 보기엔 무슨 깨끗한 병영(兵營) 같은 건물이
수십 개 질서정연하게 서 있고 이곳 정문(正門)에는
아무 표식도 없이 헌병들만 초소에 서 있고 다만
수용소 주위에는 무장한 경비병들이 요소마다 지키고
서 있을 뿐이었다

그러나 이곳에 수용하는 사람들은 모두가 불온사상을
가진 반국가적 반사회적 인간들— 6.25전쟁의
인민군 낙오자 남한 각지에서 암약하던 적색분자들
입산(入山)하여 소위 빨치산으로 활약하던 무장공비나
이념적으로 빨간 물이 든 청소년 또는 특수 좌익분자들

6.25전쟁 중에 육군본부 직속으로 세워진 이곳은
북진하다 후방으로 이동한 내가 있는 부대가 광주에
주둔하면서 그 관리와 운영을 맡으면서 나도 이곳

수용자의 교화와 선도의 일단을 맡아보게 된 것이다

어떤 때는 한꺼번에 수십 명 수백 명이
잡혀 오기도 하여 어떤 때는 무려 1만 명에 가까운
수용자들이 포화상태에 이른 적도 있는 이 수용소

어느 날 내 마음을 가장 아프게 한 것은
10대의 어린아이들 수십 명이 한꺼번에
잡혀 왔다 그들은 모두가 소위 입산하여
빨치산으로 활약하다가 생포된 것이다
그들 중 절반 이상이 여자였다 나는 참말 입을
벌리며 놀라지 않을 수가 없었다

그들은 모두가 손발이 동상에 걸려 있었고 옷은 모두가
헌 누더기와 헌 걸레 조각 같은 것을 걸쳤고 신발도 없이
모두가 귀신과 같은 장발에 얼굴도 시꺼먼 때로
거지 중의 상거지 같았다

입소자의 교화와 선도를 맡은 나는 먼저
그들의 몸을 깨끗이 씻게 하고 머리를 짧게 깎고

새 옷으로 갈아 입히고 보니 모두가 내 동생 같았고
모두가 예쁘고 착하고 귀한 아이들이었다

그러나 대부분의 아이들이 무서운 성병에 걸려
장기간의 치료를 요하는 아이들도 많았고
모든 아이들이 수용소 내에서 일정기간 공부도 하고
우리들의 따뜻한 선도로 모두 보호자에게 인계되어
오랜만에 그리운 내 가정으로 돌아갔다

물론 철없는 아이들에게도 잘못은 있겠으나 자라나는
새싹들이 그런 나쁜 물에 들게 된 데에는 국가나
사회나 어른들의 잘못도 있었다고 생각했다
이들 청소년들도 모두가 내 겨레요 내 동생들이요
우리의 미래요 우리의 자랑스런 희망인 것이다

사람은 누구나 과오를 저지를 수가 있다
우리는 그들을 잘 돌봐야 한다 우리들은 끊임없이
그들을 옳게 이끌고 사랑을 베풀어야 한다
나는 이 아이들에게 북에 두고 온 내 부모 형제들의
이야기를 자주 들려주곤 했다

그리고 나는 어느 날 이 아이들과 같이 꾸민 단막 연극
〈우리 집〉을 내가 연출하고 그들이 출연하여 같이 보면서
가슴에서 솟아오르는 눈물을 참을 수가 없어 우리는
서로 끌어안고 흐느껴 울기도 했다

서대문 밥집에서

서대문 밥집은 조그맣지만
뚱뚱한 아줌마는 맘씨가 좋아
외상도 많은 나에게 늘 잘 해 주셨다

오늘은 내가 귀빠진 날
그걸 알 리도 없는데 웬일일까

이집 아줌마의 특별 서비스
수북한 백반에 두부콩나물국 돼지고기 반찬
막걸리 반주

나는 고맙다는 인사와 함께
주전자의 막걸리를 혼자 사발에 가득히 따라
한 모금에 쭈욱 들이킨다

기분이 좋다 울적한 마음이
순식간에 풀리고 나는 혼자 또 다시 마신다
나는 혼자 또 따라 마신다

나한테 귀빠진 날 뭐가 필요해

피난 나와 잊은 지 10년이 넘었다
막걸리 한 잔이면 그만인 걸
그 밖에 또 뭐가 필요하랴

깊이 숨겨두고 산 금반지

나는 1.4후퇴 때 북에 두고 온 어머니가 보고 싶을
때마다 언젠가 북에 들어가 어머니를 만나면 드린다고
생전 처음으로 두 돈쭝 금반지 하나를 장만하여 깊이
숨겨두고 살았다

그러다가 내가 있는 부대가 전라도 광주에 갔다
그때 나는 그곳에 서울에서 피난 나와 계시는 노산 선생님을
찾아가 뵈었다 나는 그분을 그때부터 스승 겸 수양아버지로
모시고 사모님을 수양어머니로 모셨다

그런데 하루는 서울 수복 후 서대문 현저동 산꼭대기에
누추한 방 하나를 세 얻어 사는 나에게 수양어머니가
찾아오셨다 나는 너무나도 고맙고 기뻐서 그렇게
애지중지하며 숨겨두었던 금반지를 자초지종을 말하면서
찾아오신 기념으로 수양어머니께 드렸다

그랬더니 수양어머니는 처음엔 완강히 거절하시다가
내 뜻을 이해하시고 그것을 기쁘게 받아주셨다
그분과 나는 그때 친 모자간처럼 기뻐서 같이
얼마나 울었는지 모른다

그리고 나서 얼마 뒤에 수양어머니는 암으로
세상을 갑자기 떠나셨다
나는 그때 묘지에까지 가서 수양어머니를 보내드리고
돌아왔다 아마 수양어머니는 내가 드린 금반지를
가슴에 꼭 품고 편안히 미소 지으며 가셨을 거예요

봉변

학교운동회가 끝나고 회식 때 나는 좀 과음했다
그러나 문제 없다고 생각하며 밤길이지만
늘 다니는 서대문 길이라 자신 있게 혼자 걷기 시작했다
그러나 차츰 취해 오더니 정신이 차츰 흐려져 왔다

불도 없는 어두운 골목에 들어서자 갑자기 어디선가
나타난 두 놈의 주먹에 쓰러진 나는 개처럼 어디론가
끌려가는 것 같았다 의식을 잃은 나는 그 다음은 모른다

시간이 얼마나 흘렀는지 눈을 떠보니 어느 외진 으슥한
인가(人家)도 없는 길바닥에 나 혼자 드러누워 있었고
하늘에는 무수히 보석처럼 반짝이는 별들만이
나를 비웃듯 내려다보고 있었다

순간 나는 불길한 생각이 들어 벌떡 일어나 앉아
손목을 보니 차고 있던 시계는 없어졌고 신발과
양복이 모두 벗겨져 여기저기에 내팽개처져
있었고 겨우 위 아래 셔츠만 걸쳐져 떨고 있었다

나는 급히 어둠 속에서 양복과 신발은 찾았으나

옷 주머니 속의 지갑은 어디에도 보이지 않았다
지갑 속에는 용돈 얼마와 내 주민등록증과 내 신분증 등이
들어 있었다

나는 정신을 차려 벌떡 일어섰다
평생 처음 겪는 봉변이다 얼굴과 머리는 만지기만
해도 아프고 쑤셨다 놈들은 나를 실컨 때리고
구둣발로 밟기도 하고 발가벗긴 내 몸뚱이를 이리저리
끌고 다니다가 쓰레기 버리듯 여기에 내버린 것 같았다

나는 빨리 이 깡패들의 소굴을 벗어나고 싶었다
아직 '통금 해제 싸이렌'도 울리지 않은 것 같았다
여기가 어딘지는 모르나 빨리 여기를 벗어나야 한다
그래야 내가 산다 나는 내가 살기 위해 두 주먹 불끈 쥐고
불빛이 환한 대로를 향해 발걸음을 급히 재촉했다

불에 타 없어진 우리 학교

겨울방학이 끝나고 개학하는 날이었다
집에서 아침을 먹는데 전화로 "학교 불이 났다"는
급보에 접한 나는 허둥지둥 택시를 잡아 타고
학교에 도착하니 학교는 이미 검은 연기 속에
전소(全燒)되고 있었다

소방대원들은 여기저기 소방호스로 진화에
여념이 없었으며 주위에 모여 구경하는 사람들은
모두가 안타까운 표정으로 바라보고만 있었다

학교 교직원들도 벌써 몇 사람 나와 있었고
화재 원인은 숙직선생이 술 먹은 탓이란다
다행히 인명피해는 없다고 한다

하늘도 무심하다 우리가 어떻게 세운 학교냐
선생들은 모두 월급도 제대로 못 받고 쉬는 날도 없이
풀을 담은 그릇을 들고 거리로 나가서 이 골목 저 골목
이집 저집 찾아다니며 학생 모집 광고를 붙여
한 사람씩 모아 몇 년만에 중고등학생 수백 명을
모아 서울에서도 이름 난 우리 학교 아닌가

학생들이 책가방을 들고 허둥지둥 달려온다
모두 울면서 달려온다 불에 타 없어진 학교를
쳐다보며 학생들은 선생님을 붙들고 울음을 터뜨린다

어떤 학생들은 책가방을 내던지고 팔을 걷고
소방대원들과 같이 또는 선생님들과 같이 불을 끈다
어떤 학생들은 흔적도 없이 불에 탄 자기들의
교실을 정신 나간 사람처럼 멍하니 바라보며 눈물만
흘리고 있다

아! 하늘은 우리에게 또 무서운 시련을 주시는 건가
그러나 공든 탑이 어찌 무너지랴
비록 우리 학교는 이렇게 불에 타 허무하게
없어졌지만 이 학교를 피땀으로 세운
우리 인간의 정신마저 소각하랴

나는 이를 악물며 재기(再起)의
각오를 혼자 마음 속으로 조용히 다져보곤 했다
그리고 아직도 가시지 않은 화재의 검은 연기와
메케한 내음을 맡으며 나는 혼자

형체도 알 수 없이 타 버린 학교의 모습에
새삼 눈물이 또 하염없이 쏟아짐을 막을 길이 없었다

추석날에

해마다 지내는 추석차례를
올해부턴 동네 성당에서 지냈다
아내가 몸이 불편해서 힘들어 하기 때문이다

동네 성당의 합동 추석미사에
온 식구 함께 나가 기도 올렸다
분향이 그윽한 성당 안은 오늘따라 더 성스럽고
더 고요하고 더 경건한 분위기였다

북녘 땅 어느 지하에 눈도 제대로 못 감으시고
누워 계실 아버지와 어머니
오래 병상에 누워 고생하시다가
돌아가신 장인과 장모님

저희들의 불효를 용서하시고
부디 하늘나라에서 탈없이
늘 편안하시기를 빕니다

연하장

해마다 연말이면 나는 연하장 보내는 일이
큰일입니다

새해 인사드려야 할 사람도 많은데
모두 붓글씨로 직접 써서 보내야 하기 때문입니다

어떤 때는 그냥 펜으로 인사말만 써서
보낼까 생각도 했지만

어딘가 정성이 모자라는 것같아 좀 힘들지만
올해도 붓글씨로 써서 보내기로 했습니다

그런데 해마다 새해 축하인사 연하장을 보내도
아무 대답도 없는 사람들도 있습니다

그건 왜일까요 물론 까닭이야 있겠지만 남으로부터
축하인사 받았으면 나도 축하인사 드려야 옳지 않을까요

어젯밤 꿈에

아득한 수평선 하늘에 맞닿은 넓고 넓은 고요한 바다
바다는 춥지도 않고 꽁꽁 얼어붙어 아무도 없다

친구가 그 얼음판 위를 먼저 어디선가 나타나 겁도 없이
걸어오고 이윽고 나도 어디선가 그 얼음판 위를 조금도
겁도 없이 아주 즐겁게 걸어간다

먼저 즐겁게 걸어오던 그 친구의 모습은 갑자기 어디론가
사라져 보이지 않고 그 넓은 바다 위에 나 홀로만 남았다
그러나 나는 조금도 무섭지 않다 외롭지도 않다
오히려 마음은 가볍고 즐겁기만 하다

혼자 미끄럼도 타며 걸어오던 나는 갑자기 바다 양쪽에
반질반질한 윤기나는 산들이 높고 즐비하게 나타나는 것을 본다
이상하게 생각하며 바라보다 눈을 뜨니 꿈이었다

오늘 무슨 일이 있지나 않을까 아이들처럼 종일 기다리는데
꿈에 얼음판 위를 혼자 가던 친구로부터
내 붓글씨를 부탁하는 전화가 왔다
나는 혼자 미소 지으며 비로소 안도의 한숨을 쉬었다

그래도 괜찮겠지요

나는 오늘도 당신이 보고 싶어
당신을 부르면서 당신에게로 갔습니다
그러나 당신은 변함없이 나를 반겨 맞아주었습니다

나는 당신에게 무얼 하나 해드린 것도 없는데
당신은 늘 기쁘게 나를 맞아주었습니다
벌써 몇 해나 됐지요 당신이 그 포근한 품에
나를 언제나 따뜻하게 맞아준 것이

나는 내일 모레도 당신을 찾아갈 거예요
당신을 부르며 당신에게로 갈 거예요
그래도 괜찮겠지요

금강산에선 지금 남북이산가족이

금강산에선 지금 남북이산가족이 만나
서로 기뻐 어쩔 줄을 몰라하며
감격의 눈물을 흘리고 있습니다

나도 남북이산가족 만남의 신청을 했더라면
나도 지금 저렇게 북에 두고 온 가족과 만나
기쁨의 눈물 흘리고 있을 겁니다

그러나 나는 지금 조금도 후회를 하지 않습니다
그 남북이산가족 만남의 신청 안한 것을
보십시오 저들은 모두 오늘은 저렇게 기쁘고 즐겁습니다

그렇지만 저들의 기쁨과 즐거움은 기껏해야 하루 이틀뿐
그 다음은 또 기약없는 이별을 해야 합니다
하늘 아래 둘도 없는 그 슬픔 그 고통을 겪으며

나는 다시는 그럴 수가 없습니다
나는 죽어도 다시는 그런 이별 할 수가 없습니다

지금은 안 계시는 포항 아주바이께

지금은 안 계시는 포항 아주바이!
아주바이도 지금 하늘나라에서
남북이산가족이 금강산에서 저렇게
기쁘게 만나고 있는 TV 화면을 혹 보고 계시지나 않는지요

아주바이가 생존시 70도 훨씬 넘으신 분이 혼자
북에 두고 온 가족 보고 싶어 중간 소개꾼의 말만 믿고
몰래 중국을 거쳐 압록강까지 가서 북쪽 고향에서 온
장조카를 만나게 해 준다는 속임에 빠져

가짜 인물을 만나려다가 북쪽 경비병에게 들켜
하마터면 체포될 뻔하다가 용케 도망쳐 살아서 돌아온 일
생각나시지요 그때 아주바이는 정말 하늘이 도우셨어요
만약 그때 그놈들에게 잡혔더라면 어떻게 됐겠어요

아주바이나 저는 1.4후퇴 때 가족을 이북에 두고
피난 나왔습니다 저도 그동안 두고 온 가족 소식
하나도 모르고 살아왔고 아주바이도 저와 마찬가지로
가족 소식 하나도 모르고 사시다가 돌아가셨습니다

조금만 더 사셨더라면 저렇게 소원이라도 풀 수 있었는지도
모르는데… 그렇지만 오늘 만났다가 내일 어떻게 또
그때처럼 가슴 찢어지는 생이별할 수 있나요 아주바이
그럴 바엔 아무리 보고 싶은 가족이라도
차라리 다시 안 만나 보는 게
어쩌면 마음 편하고 나은 일인지도 모릅니다

아주바이 미안합니다 오늘은 제 생각만 일방적으로
늘어놨습니다 아주바이 못난 이 조카는 아주바이가
하늘나라에서 늘 편안하고 행복하시기만을 빕니다

    *아주바이 : 아저씨의 함경도 사투리

제3부

아이들도 웃는 우리나라 국회

초등학교 아이들 몇이 앉아 TV로 우리나라 국회
개회장면을 보면서 서로 입을 비쭉거리며 웃다가
심각한 표정으로 한 마디씩 던진다

"우리는 학급회의를 할 때 서로 멱살을 잡고 저렇게
싸우지는 않는데…"

"그래! 우린 저렇게 회의실 문 잠그지도 않는데…"

"회의실 잠을쇠를 저렇게 해머나 드라이버 전기톱
같은 걸로 때려 부순다는 건 참으로 야만적이다"

"응 그래! 세계 어느 나라에 또 있겠니?"

"소방 호−스는 또 어디다 쓰는 거야?"

"앤 그것도 몰라"

"우린 저렇게 회의장의 책상 위에 신발을 신은 채
올라가 난동부리는 애가 있다면 어떻게 됐을까?"

"야! 말도 말아! 당장 제명처분이지"

"그래 맞아! 야 피곤하다 인젠 꺼! 보기도 싫어"

"국회의원 정말 잘 뽑아야겠다"

"그거 이제 알았어?!"

새해에는 제발

새해에는 제발 나라 안이 조용하고 편안하고
시끄럽지 않았으면 좋겠습니다
새해에는 제발 우리나라를 둘러싼 국제정세도
조용하고 시끄럽지 않았으면 좋겠습니다

우리의 천안함까지 폭침시키고 우리의 꽃다운 병사
46명의 생명까지 앗아간 적은 3대 세습까지 해놓고
우리의 영토인 연평도까지 해안포로 포격하여
또 꽃다운 병사들과 민간인들의 생명까지를 앗아가며
호시탐탐 우리 국토를 노리고 있는 중이 아닙니까

그런데 우리는 지금 어떻습니까
나라는 지금 초비상상태에 처해 있습니다
그런데 우리는 지금 그것을 모르고 있는 사람
너무도 많은 것 같습니다

뭉치면 살고 흩어지면 죽는다고 했습니다
그러나 우리는 너무나 지리멸렬 흩어져 있습니다
나만 알고 다른 건 모르는 사람들이 너무 많은 것 같습니다
나라가 없으면 나도 있을 수 없습니다

이러다가 우리는 잘못하면 나도 잃고 집도 잃고
모든 걸 다 잃습니다

적은 우리가 이렇게 되기만을 노리고 있습니다
적은 우리가 서로 흩어지고 서로 싸움만 하고
서로 치고 받고 서로 물어뜯고
그러다가 제풀에 나라도 망하기만을 노리고 있습니다

우리는 다시 정신을 차려 한 마음 한 뜻으로 모두 뭉쳐
새 나라 세우는 마음으로
새 출발해야 할 때입니다 그래야만 반만 년 역사의 빛나는
우리 국토와 세계에 으뜸가는 우리 배달나라를
흉악한 적들로부터 슬기롭고 굳세게 지킬 수가 있습니다

참 이상해요 사람이 사는 것이

참 이상해요 사람이 사는 것이
요 몇 해 사이에 내 친구 내 친척 내 선배 내 제자
내가 존경하는 분들 얼마나 많은 사람들이
먼저 갔는지 몰라요

어떤 사람은 오래 살다가 어떤 사람은 무슨 병으로
어떤 사람은 무슨 사고로 어떤 사람은 소리도 없이

참 이상해요 사람이 살다가 가는 것이
소리도 없이 바람에 흩날리는 낙엽처럼 사라져
어디에도 그 모습 다시 찾아볼 수 없네요

앞으로 나도 그렇게 가겠지요
그것이 언젠지 몰라도 차례가 되면
나도 소리 없이 그렇게 가겠지요

귀머거리

나는 지금 주위로부터 귀머거리 대접을 받고 있다
한쪽은 세 살 적부터 중이염을 앓아서
또 한쪽은 젊었을 때 북에서 남으로 넘어가다가
잡혀서 얻어맞아 고막이 터져서

몇 해 전부터 보청기는 끼었으나 곁의 사람 이야기도
잘 알아듣지 못하고 전화소리나 TV의 말소리도 잘못 알아듣고
행길의 자동차 소리도 잘 듣지 못할 때가 있다

그것뿐만 아니다 하루 종일 잘 때만 빼고는 귓속에서
내내 무슨 소린지 무서운 태풍소리 같은 것이 높은 파도소리
같은 것이 시끄럽게 요란하게 조금도 쉬지 않고
나를 괴롭힌다

아! 내 늙마에 무슨 죄가 있기에…
차라리 이럴 바엔 내 양쪽 귀가 다 막혀 이런 저런
세상의 시끄럽고 더럽고 듣기 싫은 소리 죄다 못 듣는
완전 귀머거리나 됐으면 얼마나 좋을까

대상포진

나는 몇 해 전에 왼쪽 옆구리와 잔등에
대상포진이 생겨 한 달 동안이나 통원치료를
받은 적이 있다

그러나 아직도 그 자리는 흉터가 남아 있고
지금도 가끔 야릇한 아픔을
느끼곤 한다

사람이 사는 것이 힘들다
병 없이 살다가 병 없이 편안히 가는 방법은 없을까
병 없이 죽는 것도 큰 복이라는데

틀니

웃니가 다 빠져서 그 자리에
틀니를 새로 해 넣었는데 요샌 그것마저 덜렁거리며
들리더니 자꾸 빠져서 음식도 제대로 못 먹고
말도 제대로 하지 못한다

그래서 어떤 때는 틀니를 빼고 먹어 보나
음식을 아예 씹을 수가 없고
씹시 않고 그냥 넘기니 그것이 뱃속에 들어가
제대로 소화가 되겠는가

자식들이 이참에 돈이 들어도
이를 몽땅 다시 해 넣고 여생을 편안히 살라 한다
그러나 이젠 살 만큼 다 산 늙은 사람의 치아
몽땅 없으면 어떠냐

내가 만약 장님이 되었다면

두 눈을 함께 백내장 수술을 받았다 그리고
한 쪽씩 교대로 한 보름씩 안대를 하고 지내니
장님이 따로 없다 내가 바로 장님인 걸

매일 눈만 뜨면 마주보는 가족 그림 같은 내 집
귀여운 애견 마당에 우뚝 선 큰 향나무 정원에서
지저귀는 작은 새들 새싹 나는 풀나무 우리 집 고목 감나무
정다운 친구들 가까운 친척분들 사랑하는 제자들 정다운
이웃들 머리 위의 푸른 하늘 반짝이는 해와 별과 달 먼 산
푸른 바다 흐르는 냇물……

어느 것 하나 볼 수가 없다 어데 한 군데도 맘대로 갈 수가
없다 내가 만약 장님이 되었다면
이 세상을 무슨 낙으로 살까 무슨 기쁨으로 살까

내 손

작고 귀여운 내 손 어머니의 손을 닮았다
그런데 요샌 내 손등이 농사짓는 어느 할아버지의
손등처럼 우굴쭈굴하다

또 보아라 내 오른쪽 손가락 바깥 끝마디마다
돌같이 박힌 굳은 살들을

또 보아라 오른쪽 엄지손가락 안쪽 마디에
크고 노오랗게 박힌 굳은 살을

미운 이것들은 그래도 내가 늙도록 평생 붓을 잡고
붓글씨를 쓴다고 살아온 자랑스러운 흔적이란다

내가 어머니 뱃속에서 탯줄을 꼬옥 잡고
고고의 소리를 내며 힘차게 인간세계에
첫발을 내디딘 것도 이 작은 손의 힘이 아니던가

아버지 어머니 제가 또 서예전을 했어요
— 북녘 땅 어느 지하에 누워 계실 부모님께

아버지 어머니 제가 또 서예전을 했어요
이번은 저의 일곱 번째 서예전이었어요 출품작품은
모두 100점 가까이 됐고 장소는 서울 종로구 인사동의
백악미술관 기간은 2009년 9월 17일부터 9월 23일까지
일주일간이었는데 이번에 저의 제8서집(書集)
〈독락산거(獨樂山居)〉도 같이 간행했습니다

아버지 어머니 경비 때문에 걱정하시지요? 걱정
마세요 이번엔 다른 때보다 많이 들었는데 모두 제가
미리 준비해 둔 걸로 했어요 아무 걱정도 마세요
안심하세요

이번 저의 서예전을 보신 분들이 제 작품이 매우
독창적이고 힘차고 퍽 우아한 양전(羊田)체라
하더군요 연로한 분이 젊은 작가들에게 모범이 되는
매우 개성이 강한 창작활동과 식을 줄 모르는 정열을
가진 한국서단의 거목(巨木)으로서 일가(一家)를
이룬 존경할 분이라고 했습니다

그러나 서예의 길이 얼마나 멀고 어려운데

저는 이제 겨우 시작하는 기분입니다 이번에도
여러분이 제 작품을 구입해 주었습니다
매우 고맙게 생각합니다 그리고 제 가족들은
물론이고 제 제자들도 많이 와서 저를 도와
주셨습니다 특히 제 큰 딸아이는 전시회 동안
매일 나와서 대소사를 모두 맡아 일해 줬어요

이 다음에 제가 숙으면 제 자식들이 힘을 합해서
미술관이라도 하나 만들어 제 작품도 오래오래 보존하고
우리 가문의 이름도 높이고 우리나라의 서예문화 발전에
조금이라도 보탬이 되는 일을 했으면 하는 것이 제 소원입니다

아버지 어머니 불효막심한 제가 이런 엉뚱한
생각을 가져도 괜찮겠지요 아직도 제가 여력이
많으니 사는 날까지 서예전도 몇 번 더하고 서예보급에
온 힘을 다하고 싶습니다 아버지 어머니 드리고 싶은
말씀 아직 많으나 이만 줄입니다 아버지와 어머니의
명복을 늘 빌겠습니다

그래도 나는 아직 행복하다

나는 후두암에 걸렸다가 살아났다 그러나 아직
6개월에 한 번씩 병원에 간다 나는 양쪽 귀가
나빠 보청기를 끼었다 완전 귀머거리는 면한 셈이다

코는 만성비염 그래도 아직 냄새는 맡을 수가 있고
두 눈은 백내장 수술을 했다 웃니는 몽땅 뽑고
틀니를 했다 그러나 아직 음식은 먹을 수가 있다
몇 년 전 집의 뜰에서 쥐를 잡다가 쓰러져 병원에
한 달이나 입원했다 아직도 두 달에 한 번씩 병원
신경외과 신세를 지고 있다

어찌 그뿐이겠는가 몇 해 전부터는 허리가 아파 지팡이를
짚고 살아가니 이 세상에 나같이 병 많은 사람 또
있을까 그래도 가만히 생각하면 나는 아직 행복한
사람이다

우리의 주위에는 얼마나 딱하고 불쌍한 사람들이
많은가 두 눈 다 멀어 앞 못 보는 장님 아무 소리도 듣지
못하는 완전 귀머거리 양쪽 팔이 없는 사람
양쪽 팔과 양쪽 다리 다 없는 앉은뱅이……

그 밖에도 눈 뜨고 차마 보지 못할 사람 그 밖에도 차마
귀로 들을 수 없는 불구자들이 너무나도 많다
내 어찌 병이 많다고 말할 수 있으며 내 어찌
불행하다고 말할 수 있을까
그래도 나는 아직 행복한 사람이다

내 지팡이

내 지팡이는 멀리 여수에서 의사로 있는
내 둘째 딸아이가 사서 선물로 보내온
고급스런 지팡이다
가볍고 예쁘고 튼튼하고 수정같이 빛나고 투명한
보기에도 드문 멋진 지팡이다

몇 년 전부터 걷기만 하면 구부러지는 허리를
잘 펼 수가 없고 밖에 나갈 때나 집에서도 꼭
투박한 나무지팡이를 짚고 다니는 아버지를 생각하여
장만해 보낸 내 둘째 딸아이의 고마운 마음

나는 매일 그 지팡이를 짚을 때마다
그 지팡이를 사 보낸 딸아이의 생각이 난다

폭설이 오는 날

오늘은 새해 1월 4일 사방은 고요하다
지난 밤부터 내리는 눈은 두 무릎 위까지
쌓이는데도 그칠 줄을 모른다

커다란 눈송이가 바람에 흩날리며
소리도 없이 사납게 펑펑 쏟아지는 눈 눈 눈…
그야말로 몇 십 년만에 처음 보는 폭설이다

하늘을 쳐다보니 하늘은 보이지 않고
지상엔 행인도 오가는 차도 없다
만물은 모두 숨 죽인 듯

호랑이띠 새해에
하늘이 인간에게 보내는 첫 선물 치고는
너무나 가혹하고 무자비하다

제발 푸른 하늘에 둥근 해가 솟아
온 천지 밝고 반짝이며 만물이 생동하여
기뻐 춤추며 노래하는 그 모습 빨리 보고 싶다

아들 부부가

아들 부부가 집에 왔다 간다
따뜻한 봄날 쉬는 날에

결혼과 함께 나가 산 지도
벌써 여러 해 그런데 아직 자식이 없다

그래서 그런지 그들의 모습
늘 쓸쓸해 보인다

늙은 아버지와 어머니의 소원은 하나뿐이다
죽기 전에 남들처럼 두꺼비 같은 내 손자
한 번이라도 꼭 안아봤으면……

막내야 너도 인젠

막내야 너도 인젠 아침 일찍 일어나
앞치마 두르고 식사준비 설거지
참 잘 하는구나

그동안 아버지는 너를 큰 아기
잠꾸러긴 줄만 알았는데
막내야 너도 어느새 벌써 그렇게 컸느냐

어디 좋아하는 사람이라도
있었으면 좋겠다
때를 놓쳐서야 되겠니

쓰레기나 휴지는 따뜻한 날에 치우렴
너도 바쁜데 빨래까지 하느냐
웬만한 건 나중에 하고 얼른 출근 준비나 하려무나

열쇠

언젠가 열쇠가 없어 혼난 일이 있다
밖에 나와 일을 보고 집에 일찍 가서
대문을 열려고 하니 열쇠가 없다

늘 넣고 다니는 옷 주머니 속이나 책가방 속에도 없다
아침 내가 나올 때 안 갖고 나온 건지
내가 밖에 나와 어디서 잃어먹은 건지

큰 일 났다 대문 안은 어떻게 들어가나
높은 세멘 불룩 담을 뛰어 넘을 수도 없고
혹시나 해서 또 대문의 초인종을 눌러 본다

그러나 빈 집에 무슨 대답 있을까
큰 딸아이와 같이 여행 떠나면서 "집 잘 봐 주세요!" 하던
아내의 말소리가 또 귀에 들려오는 것 같다

문득 생각이 나서 막내 딸아이에게 전화를 걸었다
마침 막내 딸아이가 직접 받고 달려와
대문을 열어줘서 집에 들어갈 수가 있었다

누구나 나이를 먹으면 다 이런 일이 있는 건가?
소위 건망증인지 뭔지 자기가 한 일을
자꾸 잘 잊어 먹는 이런 일이 있는 건가

제4부

내 큰 딸아이

공부도 할 만큼 한 사람이
무엇이 부족해 또 집에서 매일 학생처럼
책과 씨름하고 있는 내 큰 딸아이

그래도 틈틈이 늙은 부모를 위해
집의 대소사를 자진해 도와 주곤 하는 갸륵한 그 효심
그저 고맙고 미더울 뿐이다

그리고 눈만 뜨면 말 못하는 애견들 광이와 쏘리를
먼저 살펴보고 때가 되면 밥 주고 옷 갈아입히고 목욕
시켜 주고 같이 얘기도 하며 놀아주는 그 정성 그 사랑

무슨 일이라도 시작하면 작은 일이든 큰 일이든
끝을 잘 맺을 줄 아는 너의 그 성격
아버지는 특히 좋아하며 칭찬하고 싶다

내 둘째 딸아이의 부탁

의사로 있는 내 둘째 딸아이가
"아버지의 글씨를 받아 제가 나온 여학교에
선물하고 싶은데 괜찮겠습니까" 한다

그러면서 "제가 지금 이렇게 살고 있는 것은
그 학교 선생님들이 잘 가르쳐 주신 덕분입니다
저는 그분들의 은혜를 잊은 적이 없습니다"

나는 이렇게 말하는 딸아이의 마음씨가 너무나도
갸륵하고 고마워 즉석에서 승낙했다 그리고
며칠 뒤 서제(書題) 두 개를 받았다

서제는 그 학교 설립자인 성녀 엘리사벳·앤·시튼의 말씀
"오늘 다시 시작하세요"
"사랑해야 하고 사랑하기 위해서는 희생해야 합니다"

얼마나 깨끗하고 숭고한 설립자의 말씀인가
나는 때마침 걸린 감기도 무릅쓰고 정성껏 써서
그 학교에 보냈다

얼마 뒤에 학교에 초대되어 가 보니
딸아이가 부탁하여 쓴 내 글씨가 그 학교 건물 현관 두 군데에
가로 액자로 표구되어 멋지게 걸려 있었다

나는 그것을 보는 순간 스승님들의 은혜에
조금이라도 보답하기 위해 출신학교에 선물한 내 딸아이가
새삼 고맙고 한없이 자랑스럽게 느껴졌다

몸도 불편한 사람이

몸도 불편한 사람이 추운 날 무슨 급한 일 있다고
혼자 장갑도 없이 손수레를 끌고
장에 갔다 오시나

손수레에는
무 배추 감자
그 밖에도 많은 찬거리

눈도 아프고
무릎도 아픈 할머니가
아직도 청춘인 줄 아시나 봐

나는 아내가 끌던 손수레를
웃으면서 대신 끌어 보니
나에게도 부치는 힘든 노역(勞役)이라 생각했다

우리 집의 고목 감나무

우리 집 뜰에는 고목 감나무 두 그루 있다
30여 년 전에 아내가 서울 동대문 시장에 가서
묘목을 사다가 심어 놓은 것이 그동안 저렇게 컸다

비록 몸은 비바람 눈서리에 시달려 보잘것 없지만
아직도 그 생명력은 예나 다름없이 싱싱하여 오히려
그 나무 잎사귀들은 스스로 자랑하듯 무성하기만 하다

해마다 때가 되면 가지마다 주렁주렁 매달린
저 황금빛 열매― 눈부시게 아름답고 탐스러운 이 감은
하늘이 우리에게 주시는 더없이 고마운 선물이다

오늘도 우리 식구들은 그 선물을 소중히 받아
조촐한 감 잔치를 벌리며 하늘에 대한 감사 기도를
정성껏 올렸다

아! 꿀처럼 달고 맛있는 우리 집 고목 감나무의
감 맛 온 세상에 자랑하고 싶은
하늘이 우리에게 주시는 더없이 고마운 선물이다

어쩌면 요렇게 예쁠 수가

어쩌면 요렇게 예쁠 수가
광이야 복이야 너희들은 비록 작은 애완견이지만
나는 늘 너희를 자식처럼 여겨왔다

한 배에서 나온 형제도 아닌데
어쩌면 너희는 그렇게 사이가 좋을까
일년도 아니고 2년도 넘게 한 시도 빠짐없이
떨어지지 않고 낮이나 밤이나 늘 같이 있는 너희들

나는 너희들이 한 번도 으르렁거리며 싸우는 걸 못봤다
나는 너희들이 서로 잘난 체하며 상대를 깔보거나
욕하거나 때리거나 밖으로 내쫓는 걸 한 번도 보지 못했다

밥이 맛 없어도 맛 없는 대로 찬이 없어도 없는 대로
옷이 없어도 없는 대로 몸이 더러워도 더러운 대로
잠자리가 옹색해도 옹색한 대로

불평 하나 없이 함께 뛰어다니고
낯선 사람 오면 같이 달려나가 짖어대는
너희는 틀림없는 우리 집의 지킴이다

내가 어쩌다가 복이를 쓰다듬거나 안으면
자다가도 벌떡 일어나 짖어대니 광이야
너는 분명 복이를 사랑하나 봐!

좋아좋아 알았어 사람들만 사랑하란 법 있나
너희들 그래서 서로 핥아주고 긁어주고 같은 수컷이면서
맛있는 고기 주면 빼앗아 먹는 일도 없이
자기 것만 먹다가 서로 남겨주는구나

토끼는 평화의 사도

토끼는 말이 없다 아침에 눈뜨고 일어나
밤에 잠들 때까지 태어나서 죽을 때까지
아파도 아프다거나 슬퍼도 슬프다거나 기뻐도 기쁘다거나
배고파도 배고프다거나 일체 말이 없다

그러나 배고프면 배고프단 시늉을 하며
일제히 우루루 달려오고 배부르면 배부르단 시늉을 하며
아무데나 제멋대로 드러누워 잠자고 소그마한 소리에도
잘 놀라 침입자만 나타나면 일제히 도망친다

이들은 절대로 싸우지 않는다 특히 식사 때는
조용히 식사를 마치고 반드시 각자가 물을 마신다
이들은 모두가 예의 바르고 남의 물건을 해치거나
까닭없이 남을 괴롭히지 아니한다

이들은 서로 사랑하고 서로 도우며 서로 시기하거나
서로 잘난 체도 하지 않으며 아기가 출생하면
서로 기뻐하여 축복하고 어쩌다가 신생아가 죽으면
그 곁을 떠나지 아니하고 슬퍼한다

이들에겐 법이 필요없다 이들은 모두가 평등하다
이들이야말로 빈부귀천도 없고 상하고저도 없는
참으로 양순하고 귀엽고 사랑스러운
평화의 사도들이다

"고맙습니다" 라는 인사

"고맙습니다" 라는 인사 처음엔 좀 쑥스러웠으나
자꾸 하니 습관이 되어 재미도 있다
이 세상에 고맙지 않은 것이 어디 있을까

따지고 보면 내가 이렇게 지금 죽지도 않고 살아 있는 것이
얼마나 고마운가 내 가족이 화목하고 무사히 이 세상에
잘 살고 있는 것이 또 얼마나 고마운가

내가 늙었다고 공짜로 태워주는 전철 얼마나 고마운가
나는 탈 때나 내릴 때마다 어김없이 "고맙습니다"
라는 인사를 혼자 꼭 한다

나는 요금을 내는 버스나 택시도
탈 때나 내릴 때마다 "고맙습니다" 라는
인사를 잊지 않는다

집에서나 밖에서 식사를 할 때나 물건을 살 때도
마찬가지로 나는 꼭 "고맙습니다" 라는 인사를 한다
그러면 그날은 내가 더없이 기분이 좋고 행복해진 것같다

행복이란 어디 딴 데 있는 건가
바로 내 안에 내 마음 속에 있는 건데
누구나 찾으면 되는 것을
그것을 모르거나 찾지 않고 있을 뿐이다

비에 젖은 흰 강아지

비에 젖은 흰 강아지 한 마리
집을 잃은 듯 두 눈에 눈물 글썽이며
힘없이 혼자 걸어오고 있다

나는 마주 가다가 측은한 생각이 들어
두 손 벌리며 오라고 해 본다 그러나
놀라며 얼른 비껴 달아나는 흰 강아지

아마 낯선 내가 겁났나 보다
너의 집은 어디냐
제발 빨리 찾아가기나 했으면…

장마철의 무더운 여름날 밤에

장마철의 무더운 여름날 밤에
잠간 바람 쐬러 데리고 밖에 나간 광이와 복이

광이는 놀다가 잘 돌아왔는데
복이는 어데 가 있다가 돌아오지도 않고

어두운 밤길을 혼자 어디를 헤매다가
집으로 돌아오지도 못하고 어떻게 죽었느냐

우리는 너를 얼마나 찾았는지 모른다
밤새도록 또 이튿날에도 그런데 너는 어떻게 죽었느냐

왜 죽었느냐 우리는 너를 한 가족처럼 정말 사랑했는데
복이야 네 운명이 정 그렇다면 어찌 하겠느냐

우리는 지금 너를 마을 뒷산 양지 바른 곳에 묻고 두 손 모아
기도하며 보내니 복이야 부디 잘 가라! 잘 가라! 잘 가라!

치섭이

치섭이가 왔다 갔다 한 5년 만에 처음 본다
이젠 60도 다 된 사람 나의 사랑하는 제자다
언제 봐도 여전히 다부진 두 어깨
강철 같은 몸뚱이 무쇠 같은 두 주먹
믿음직스럽다 마음이 놓인다

또 말레이시아에 간다고 했다
그곳 사람들에게 태극 당수도를 열심히 전수하고 있다고 한다
역시 태극 당수도 창시자의 한 사람이며 고수(高手)다운 사람이다
또 게다가 그곳 사람들에게 한글과 우리 말도 무료로 가르친다니
얼마나 장한가 언제 어디서나 내 조국 대한민국을 잊지 말게!
내 조국 대한민국의 국민임을 잊지 말게!

그와 나

그와 나는 친구였다 옛날 학교 다닐 때 몇 년이나
같이 자전거를 타고 만세교를 함께 건너다니던 친구였다

그는 8.15 후에 일찍 혼자 월남했다 나도 1.4후퇴 때
혼자 남으로 피난 나왔다 우리의 우정은 옛날과 다름 없었다

그러던 것이 아주 사소한 오해로 우리의 사이는 금이 가고
끝내는 행길 하나를 사이에 둔 같은 동네에 살면서도
서로 외면하고

발길을 끊어 원수처럼 지냈는데
그러던 그와 나는 공교롭게도 두 사람 다 암에 걸렸다
그래도 그와 나는 피차 모르는 체 지내기를 몇 년

서로 그 잘난 자존심 때문에 서로 그 잘난 우월감 때문에
어느 날 나는 그의 부음을 들었다
그러나 왠지 놀라지도 않았고 슬프지도 않았다

그의 장례식에 안 간 것은 물론이다 지금
혼자 가만히 생각하니 역시 나라는 인간은 어덴가 모자란다
먼저 간 친구에게 미안한 생각이 든다

김병련 교장선생

하늘도 무정하다 그대도 가시게 하시다니
아직은 더 오래 사시면서 더 좋은 일 더 큰 일을
더 많이 하셔야 할 김병련 교장선생!

그대와 나는 그 옛날 일제 때 사범학교 5년 동안
같은 반에서 그대는 계속 급장이었고 나는 계속
말썽 많은 문제학생이었다 그래서 그대는 나 때문에
고생 많았고 나는 그대에게 신세도 많이 졌다

김병련 교장선생! 우리가 3학년 때 같이 간
금강산 수학여행 생각나지 그때 비로봉 꼭대기에서
사소한 부주의로 미아(迷兒)가 된 나를 찾느라고
그대를 비롯한 급우들 몇이 참 고생도 많았지 나는 그때의
그 고마움을 한 시도 잊은 적이 없어

김병련 교장선생 그대는 교직을 천직으로 삼고 70여
세월 동안 스승의 길을 한 치도 벗어남이 없이 사시면서
인천지구 여러 초등학교 교장 인천지구 교육장 인천시
교육위원회 의장 한국교련 부회장 등 요직을 두루 거친
우리나라 교육계의 원로이며 큰 별이었었다

그대는 그 큰 키에 그 넓은 가슴에 그 많은 제자들을
늘 품고 살았고 말년까지 늘 바르고 고운 마음씨 지니고
옳은 길 슬기로운 길만을 가르치며 몸소 그 길을
걸으시며 솔선수범하다 가신 만인의 스승이었다

낙엽도 우수수 지고 서리도 내리는 쌀쌀한 가을날
예고도 없이 먼저 먼 길을 떠나간 김병련 교장선생
부디 잘 가시오 가서 편안히 영면하옵소서

내 소학교 은사 스가하라 선생님

내가 영원히 잊지 못할 선생님은
내가 소학교 5, 6학년 때 담임이셨던
일본인 스가하라 선생님이시다

키가 크고 잘 생기고 안경을 끼고 미남이신 선생님은
따뜻하고 친절하고 늘 미소지으시고
붓글씨도 잘 쓰시고 글짓기도 잘 하시고 공작과 과학도
잘 하시고 다재다능하신 선생님이셨다

시골에서 전학 온 나를 2년 동안이나 계속 학급의
부급장을 시켜 주셨고 붓글씨를 잘 쓴다고 칭찬하면서
교실 뒤 게시판에 늘 붙여 주셨고 글짓기를 잘 한다고
신문사에서 모집하는 문예작품 모집에 내어
상도 타게 해 주시던 선생님

공부도 별로 뛰어나지 못했는데 당시에 가장 어렵다는
사범학교에 시험쳐 들어가게 해 주시고 일생을 남을
가르치는 선생의 길로 인도해 주신 분이다

그런데 나는 백발이 되도록 지금까지 선생님의

은혜를 모르고 사는데 선생님은 그동안 나를
한시도 잊지 않으시고 얼마나 보고 싶어 하실까…

100세 사는 연습

100세 할머니 처음 보니 참 신기도 하다
비록 TV에서라지만 어쩌면 그렇게도 정정하실까

머리도 얼굴도 허리도 걸음걸이도 말소리도
어디 하나 늙은 할머니처럼 보이지 않는다

오래 사는 비결은 그저 잘 먹고 잘 자고
욕심없이 분수대로 사는 것 아침 일어나자마자
맨손체조는 기본이라고 하신다

들어 보니 쉬워서 나도 할머니처럼 살고 싶어
결심하고 100세 사는 연습 시작했는데
시작한 지 열흘도 안 되어 힘들어 그만 뒀다

내가 몇 살까지 살지 모르나
내 명(命)대로 탈 없이 편안히 살다 가면 그만이지
그 밖에 또 무엇을 바라랴

남의 잔치에 재나 뿌리며 사는

나는 언젠가 남의 잔치에 부조는 못할망정
재나 뿌리며 사는 사람을 보았습니다

어느 전시회 때였습니다 이름 있는 사람이 왔기에
축사를 부탁했더니 축사는 안 하고 당치도 않는
악담만 몇 마디 내뱉고 죄지은 도둑놈처럼 쏜살같이 밖으로
도망쳐 나가 버렸습니다

그리고 몇 년이 흘렀습니다
그 사이 그 사람의 이름이 종종 서울의 유명 지상(紙上)에
크게 나는 걸 봤습니다

그리고 또 언젠가는 그 사람이 거리에서
머리에 붉은 띠를 동여매고 남쪽을 비방하는
시위대의 선두에 선 것도 봤습니다

그런데 참 이상합니다 그런 사람들이 한둘도 아니고
수두룩하게 잘난 체 행세를 하며 활개치고 다녀도
아무렇지도 않게 여기는 우리 사회가 참 이상합니다

북의 적은 바로 우리 코 앞에서
핵을 가지고 우릴 넘보며 위협하고
호시탐탐 우리의 강토를 노리고 있잖습니까

제5부

오류동 아주바이께

제가 전화를 받고 달려갔을 때는 아주바이는 이미
임종이 가까웠습니다 그 사이 아주바이가 저를 여러 번
찾으셨다는 데 늦게 도착해 죄송합니다 그러나 아주바이는
제가 도착한 것도 모르고 끝내 조용히 눈을 감으셨습니다

아주바이! 지금 돌아가신 아주바이를 눈앞에 대하니 감개
무량하고 하염없이 흐르는 눈물로 무슨 말을 먼저 올렸으
면 좋을지 모르겠습니다 아주바이는 저의 막내 외삼촌입
니다 저의 어머니의 친동생이시니 얼마나 가깝습니까
그런데 아주바이와 저는 북에 있을 때부터 서로 멀어져
가깝지 못했습니다 그것은 아주바이와 제가 사상이 서로
달랐기 때문이었습니다 그렇지요 아주바이!

아주바이는 남파간첩으로 나와 사전에 체포되기를 참
잘 했습니다 그렇지 않으면 어떻게 됐겠어요 다행히도
아주바이는 남쪽으로 전향하여 우리나라에 협조한 공을
인정받아 당국의 도움으로 오류동에서 사셨기 때문에
저도 몇 번 들러 아주바이와 같이 서로 흉금을 털어놓고
이야기도 했습니다

아주바이 참 잘 하셨습니다 공산주의를 버리고 남쪽으로
전향하시기를 참 잘 했습니다 그런데 아주바이 회갑도 지내고
새 아주머니도 맞이하고 이제부터 잘 살아보려고 결심하고
새 직장도 얻으시고 즐겁고 재미 있는 제2 인생을
출발하신 아주바이께서 무서운 불치병인 간암에 걸려
불귀의 객이 되시다니 하늘도 무심하고 너무나도
짓궂고 얄미운 운명의 장난인 것 같습니다

아주바이 제가 젊었을 때 38선을 넘어 남으로 가려다가
철원에서 체포되어 함흥에 끌려가 형무소에 갇혀 징역한
걸 아시지요 그때 아주바이는 아주 높은 자리에
계셨는데 어머니가 달려가 도움을 청했는데도 일언지하에
거절하시며 "그 따위 반동분자 놈 새낀 나한테 필요없다" 면서
어머니를 쫓아버리듯 했다지요 아주바이 왜 그때 그랬어요?
물론 북조선 노동당의 골수분자였던 아주바이 처지
모르는 건 아니예요 그렇지만 그땐 너무했어요…

아주바이! 그리고 북의 놈들이 아주바이를 남파간첩으로
내보낸 까닭은 남에서 별을 단 장군 조카 포섭 때문이란 걸
알고 있어요 그러나 북의 놈들은 우리 남쪽을

너무 과소평가하는 게 기분 나쁩니다 하여튼 지난 일은
더 얘기하지 않겠습니다 아주바이도 저도 과거를 잊읍시다

어쨌든 아주바이는 과거의 잘못을 깨끗이 청산하고
이제 새 사람이 되어 노후를 사람답게 살아보려고
무척 애를 썼습니다 키 작으신 분이지만 머리가 뛰어나고
수재이신 아주바이는 파란만장한 일생을 접으시고 틀림없이
멋진 노후를 사시리라 믿었는데……

불쌍한 아주바이! 불쌍한 오류동 아주바이!
사람은 누구나 갑니다 아주바이 아주바이의 일생은 불우
했습니다 그러나 끝은 아름다웠습니다 이젠 마음을 푹
놓으시고 아무 걱정도 없이 편안히 부디 잘 가십시오
그리고 이승에서 누리지 못한 복 저승에 가서서
많이많이 누리시기 빕니다 아주바이! 아주바이!………

*아주바이 : 아저씨의 함경도 사투리

내 외사촌 이 장군의 시신 앞에서

서울대병원 영안실이다 지금 내 앞에는 친구이자
내 외사촌이며 '대한민국 국가안전보장회의'의
요직에다가 예비역 육군소장인 이 장군이 몇 년 간의 위암과
싸우다가 끝내 쓰러져 염을 하면서 유족들 앞에
싸늘한 시체로 누워 있다

그는 기골장대한 보기 드문 미남이며 영웅호걸다운
늠름한 풍채와 굵은 목소리 명석한 누뇌와 출중한
지략과 용맹은 이미 전군에 잘 알려져 있는 명장이었다

그러나 전향(轉向)을 했다 해도 친삼촌이 북에서
남파한 거물 간첩이었다는 사실은 그의 빛나는 군력(軍歷)에
일대 오점(汚點)이 아닐 수 없었다

그의 성격은 어렸을 때부터 우월감과 자존심이 특별하였으며
몸도 크고 힘도 장사며 하는 일마다 남보다 뛰어나
육사(陸士)도 수석졸업하여 대통령상을 수상한
바 있는 수재였었다

그는 내가 1.4후퇴 때 남으로 피난 나와서 두세 번

찾아가 만나고 그 외에 한두 번의 모임에서 잠깐 만나고는
전화도 서로 없었다

그와 나는 어려서는 한 이불에서 같이 자고 같이 공부도 한
친구지만 그는 북에서 남으로 혼자 피난 나온
나의 셋방을 죽을 때까지
몇 십 년 동안 단 한 번도 찾아온 일이 없었다
나는 그것이 항상 참으로 섭섭했다

어느 날 그의 친척 되는 분과 그의 처와 나 셋이 같이
만난 일이 있다 그때 이 장군의 퇴역 후의 이야기가
나왔는데 이 장군에게 마땅한 것은 교육사업이며
교육사업을 하려면 미리 준비하는 것이 좋고 그러려면
요새 내놓는 학교도 있으니 그런 학교를 미리 인수하는
방법도 있을 거라고 나는 말했다

이렇게 그를 위한 순수하고도 진정어린 내 마음을
왜곡하고 마치 도둑놈 취급하듯 나를 욕되게 하는
그의 인감됨이 불쾌하고 소위 출세했다고 사람을
깔고 뭉개려는 그의 오만불손한 태도를 나는 다시는

보고 싶지 않았다

그는 어느 날 자기 집에 오랜만에 찾아간 나에게
"내가 미국에 가 있는 사이에 너는 내 처와 우리 집을
담보로 서울 어느 중고등학교를 인수하려 했다니
네가 정신 있느냐? 너 같은 놈 다시는 내 집에
발도 들여 놓지 말아!" 하면서 나를 내쫓으려 했다

나는 너무나도 어이가 없고 터무니 없는 그의 말에
속으로 끓어 오르는 분을 억지로 참으면서 조용히
자초지종을 설명하려 했으나 그것도 듣지 않으려고 하기에
"알았어 다시는 너의 집에 오지 않겠다" 하고
뛰쳐 나온 후 그와 나는 다시는 한 번도 만난 적이 없었다

그런 그가 지금 내 눈앞에 시신으로 돌아와 있다
그는 잠자듯 조용히 눈감고 있다 순간 그와의 일들이
하나하나 주마등처럼 내 눈앞을 스치고 지나간다
가만히 생각하니 그도 잘났다고 너무 한 것 같고
나도 지지 않으려고 무례한 것 같았다

"그동안 내가 잘못했어 미안해
나도 다 잊어 먹을 테니 너도 다 잊어 먹어
그런데 왜 좀 더 오래 살지 이렇게 빨리 가?
너는 더 오래 살아서 나라에 큰 일도 많이 할
사람인데 왜 빨리 이렇게 가는 거야?

갈라진 남북이 하나로 통일되면 누구보다
우리가 먼저 태극기를 흔들고 만세를 부르며
그동안 꿈에도 잊지 못한 북녘 땅
내 고향으로 같이 찾아갈 텐데……

형! 왜 이렇게 먼저 빨리 가?
더 오래 살지 않고…
그 동안 내가 미안했어
그 동안 내가 미안했어……"

나도 모르는 사이에 두 손을 모으고
합장하고 있는 나는
두 볼에 흘러 내리는 눈물을 어찌 할 수 없었다

대구에 피난 나온 혜산 선생님

6.25전쟁 때 빼앗긴 서울이 수복되기 전
나는 잠시 대구 변두리에 있으면서 자취생활을
하고 있었다

그때 어느 날 신문에서 〈혜산 박두진 선생의 피난생활〉
기사를 읽고 얼마나 놀라고 기뻐했는지

나는 곧 혜산 선생님을 찾아뵈었다
혜산 선생님은 대구 변두리의 어느 단칸방을 세 얻어
부인과 어린 아들과 세 사람이 아주 어렵게 살고 계셨다

나는 평소에 혜산 선생님의 시를 좋아했으며
한 번 만나뵙고 싶던 분이라 선생님께 인사하고
찾아간 뜻을 말했더니 반갑게 맞이하며 방 안에
안내해 주셨다

나는 혜산 선생님께 갖고 간 시 원고를 무례하게 내놓았다
선생님은 조금도 싫어하시는 기색없이 모두 읽어보시더니
어떤 때는 칭찬하시고 어떤 때는 날카롭게 비판하면서
만년필로 친절히 첨삭도 해 주셨다

그러다가 시간이 지나 식사 때가 되었다
내 만류에도 불구하고 내놓으신 저녁상— 꽁보리밥에
된장찌개 마늘 장아찌 이것도 손님에겐 특별대접인 듯 싶어
나는 식사하면서도 몇 번이나 뜨거운 눈물이
솟아오르곤 했다

나는 혜산 선생님께 이북의 이야기 내가 피난 올 때
이야기 등을 해 드렸다 혜산 선생님과 부인은 내 이야기를
들으면서 자기들 일처럼 슬퍼하며 눈물 흘리셨다

수복된 서울에 혼자 찾아가서

몇 달 동안 적에게 점령되어 있던 서울이
아군과 유엔군의 반격으로 수복이 되었다
나는 대구에서 무작정 혼자 맨손 맨몸으로
서울로 올라갔다 서울에는 아무도 아는 사람이 없었다

내 눈에 보이는 서울에는 6.25전쟁의 처참한 폐허와
거리를 바쁘게 오고가는 국군과 유엔군의 차량뿐
사람들의 왕래도 별로 없었고 어디로 가나 쓸쓸하고
허전한 빈 집과 공터만 눈에 띄었다

나는 먹고 살기 위해 매일 거리를 혼자 헤매다가
빈 집 어느 구석에 잠자기도 했으며 어느 우연한 기회에
내 소학교 동창인 한희열이 육군 대령이 되어 육군 정훈감으로
있다는 걸 알고 무턱대고 찾아갔다
그는 나를 반갑게 맞이해 주면서 〈육군신문〉의
주간인 시인 이용상 중령에게 전화로 나를 추천해 주었다

나는 즉시 서울 종로구 낙원동 파고다공원 곁에 있는
육군신문사에 찾아가 이용상 씨를 만나 그날부터
〈육군신문〉 기자가 되었으니 이 얼마나 고마운 행운인가

나는 일정한 월급은 없었으나 수고비 조로 매달
나오는 돈은 술 값 정도로는 충분했고 하루 세끼의
밥은 신문사에서 해결해 주었고 다만 자는 것만
문제였다

그래서 밤에는 신문사의 책상 위나 신문사의
전용 지프차 안에서 담요 한 장으로 새우잠을 자며
몇 달 동안 지냈다 그러나 전쟁 때인 당시의
형편으로서는 이만 해도 상팔자이며 얼마나
행복하고 편안한 생활인지 모른다

나는 지금도 가끔 그때의 일들이 생각난다
사람은 역시 죽으란 법은 없는 것같다
만약 그때 그러한 역경 속에서 그런 고마운
귀인들을 만나지 못했더라면 내 운명은 어떻게 됐을까

평생을 맑고 향기롭게 살다 가신 법정스님

당신은 홀로 깨끗하게
사시다가 가신 한 송이의 연꽃입니다

세상이 그렇게 더럽고 탐욕스러워도
끝내 그 더러움에 조금도 물들지 아니 했습니다

당신은 평생을 가진 것 하나 없이 사시다가
가실 때에도 가진 것 하나 없이 가셨습니다

평생을 맑고 향기로운 사회 만들기에 애쓰시다가
가신 당신의 일생은 참으로 거룩합니다

나의 조그마한 이 가슴 속에도 당신의 거룩한 그 일생이
영원히 살아 남아 있게 하옵소서

당신은 우리 국군의 영웅입니다
─ 한주호 준위님 영전에

서해 바다에서 폭침된 천안함에는 해군 용사 46명이
갇혀 있습니다 그러나 그 검은 바다 속의 꽃다운
해군 용사들의 생사를 걱정하며 그들을 구하려고 나선
사람 있었습니까 없었습니다

그때 당신은 그 용사들과 같은 해군도
아니고 다만 바다 수색대의 50년 슈─퍼인데도
"내가 아니면 누가 그들을 구하겠느냐 그들을
구할 사람은 나다 내가 지금 가야 한다" 며
처자가 그렇게 말리는데도 용약 달려갔습니다

당신은 그 바닷속으로 두 번 들어갔으나 구하지
못했습니다 그러나 당신은 단념하지 아니하고
다시 세 번째 또 들어갔으나 그동안의 과로를
이기지 못하고 바닷속에서 그만 가시고 말았습니다

아! 당신이야말로 내 한 몸을 던져 우리 국군
전체를 살린 살신성인(殺身成仁)의 표본이며
우리 국군의 영웅입니다

한주호 준위님! 부디 편안히 가시옵소서
당신의 그 위대한 넋은 무궁한 우리 대한의 역사에
찬연히 빛나며 영원히 멸하지 않을 것입니다

김수환 추기경님

김수환 추기경님

당신은 생전에 늘 이렇게 말씀하셨습니다
"누구도 미워하지 마십시오
누구도 늘 사랑하고 누구도 늘
감사히 여기며 사십시오"

김수환 추기경님 고맙습니다
저도 늘 김수환 추기경님이 하신 이 말씀을
가슴에 새기고 그렇게 살렵니다

김수환 추기경님
당신은 높으신 분인데 늘 낮은 사람처럼
낮은 데로만 찾으시며 낮은 사람들과
같이 사셨습니다

그렇다고 당신은 어느 한쪽만 편을 들어
사신 것이 아니라 모든 사람에게
고루 은혜를 베풀었습니다

이 세상에 당신처럼 자기를 버리고
남만을 위해 일생을 살다 간 사람
과연 얼마나 있으실까요

그러기에 지금 당신의 가심을 슬퍼하는
이 나라 수십 만 조문 행렬이 연일 전국의
각 도시는 물론 산간벽지에까지 길을 메우고
마치 자기의 어버이를 여의듯
큰 소리로 당신을 부르며 통곡하는 사람도 많습니다

추기경님 김수환 추기경님
부디 편안히 가시어 오래오래 고이 잠드소서

소고 이항녕 박사님

키가 작으시고 탄탄한 몸집에 그러면서도
어딘가 예사롭지가 않는 어른 같은
이항녕 박사님

우리나라 법학계의 태두(泰斗)이시며
대학총장까지도 지내신 교육계의 원로
소고(小皐) 이항녕 박사님

나는 지난 날 소고 이항녕 박사님을 비롯한 명사 몇 분을
고문으로 모시고 통일부와 이북5도위원회의 후원으로
남북평화통일을 기원하는 〈배달민족서예대전〉을
9년 간 계속 서울에서 개최한 일이 있다

그때 나는 차가 없어 편지로 박사님께 행사 개최일만
알려드렸는데도 박사님은 9년 간 한 번도 빠짐없이 매번
행사 첫날 시작 전에 어김없이 지팡이를 짚고 나오시어
대회장의 출품작품을 일일이 보시며 칭찬하곤 하셨다

그리고 90도 넘으신 고령의 박사님은 대회의 최고상인
통일부장관상을 대신 수여하신 다음

수고 많았다면서 항상 미소 지으며 바쁘게 돌아가셨다

나는 그런 박사님께 한 번도 식사 대접하지 못했으며
졸필이나마 내 서예작품을 한 번도 선물로 드린 적이 없으며
그렇게도 흔한 과일상자 하나 선물로 보내드린 적도 없었다

그런데 어느 날 박사님은 나에게
편지 한 통을 우편으로 보내주셨다
뜯어 보니 붓글씨로 쓰신 나에게 주시는 짧은 시(詩)였다

羊처럼 천진하게
田園에 누웠어도
韓國생각 겨레생각
잠시도 잊지 못해
迅速한 배달민족의
번영만을 비는 분

壬午秋 小皐 □□

참으로 황송하다

너무나 과분한 찬사
그저 고마울 뿐이다

그 뒤 박사님은 소리도 없이
머언 하늘나라로 가셨다
그리운 박사님 보고 싶은 박사님

오래오래 늘 잘 사시옵소서
복 많이 받으시며 늘 편안히 하늘나라에서
오래 오래 늘 잘 사시옵소서

세계 피겨 황제 김연아에게

무슨 일이든지 정상에 오른다는 것은
참으로 어려운 일이다
더구나 무슨 분야에서든지 세계의 정상에
오른다는 것은 더 어려운 꿈 같은 일이다

그런데 김연아 너는 피겨 분야에서 그 꿈 같은
세계 정상을 차지했으니 너는 얼마나 훌륭하며
너는 얼마나 영광스러우며 너는 얼마나
칭찬해야 할 사람인가

2010년 밴쿠버 동계올림픽 피겨스케이팅
여자부에서 영예의 금메달을 획득한
너의 묘기는 참으로 세계 60억 인구가
모두 감탄해마지 않는 신기(神技)였었다

김연아! 장하다 너는 정말 장하다
네 나이 이제 겨우 갓 스물 정말 전도양양하구나
그러나 잠시도 내가 세계 제일이라는
우월감에 사로잡혀 자만도취하거나 만사를 너무
쉽게 보지 말아야 한다

세상에는 영원한 승리자가 없느니라
너는 이제부터 새로 시작이라는 결의로 다시 피나는
노력을 할 각오를 또 단단히 가져야 한다
세상에는 영원한 승리자가 없고 영원한 패배자도
없는 것이다

옥불마 무광(玉不磨 無光)이라고 했다
아무리 구슬이라도 갈지 않으면 빛이 나겠는가
늘 부지런히 쉬지 말고 갈고 닦아라
오만불손하는 자는 패가망신한다 했다
늘 자기를 낮추고 기쁘고 즐겁게 살아다오
그러면 너의 영광 길이 변치 않으리라

양전 한신 제7시집

추억

•

지은이 / 한 신
펴낸이 / 김재엽
펴낸곳 / **한누리미디어**
디자인 / 지선숙

•

121-840, 서울시 마포구 서교동 395-13 서원빌딩 2층
전화 / (02)379-4514, 379-4519
Fax / (02)379-4516
E-mail/hannury2003@hanmail.net

•

신고번호 / 제300-2006-61호
등록일 / 1993. 11. 4

•

초판발행일 / 2011년 3월 25일

•

ⓒ 2011 한 신 Printed in KOREA

•

값 8,000원

•

※잘못된 책은 바꿔드립니다.
※저자와의 협약으로 인지는 생략합니다.

ISBN 978-89-7969-383-6 03810